AF394549

VENTE

des 11 et 12 Mai 1906

HOTEL DROUOT, SALLE N° 1

EXPOSITION PUBLIQUE

Le 10 Mai 1906

COLLECTION

DE

M. Tigrane KHAN, de Téhéran

Ex-Commissaire adjoint de Perse à l'Exposition de Liège

2ᵉ VENTE

BEAUX TAPIS ANCIENS DE LA PERSE

BRODERIES, BROCARTS, VELOURS, TOILES IMPRIMÉES

Faïences anciennes à reflets métalliques

Armes, Armures, Cuivres, Aciers

MANUSCRITS, LAQUES

Mᵉ F. LAIR-DUBREUIL, Commissaire-Priseur

M. Arthur BLOCHE, Expert près la Cour d'Appel

CATALOGUE

DE

BEAUX

TAPIS ANCIENS DE LA PERSE

Broderies, Brocarts, Velours, Toiles imprimées

FAIENCES ANCIENNES A REFLETS MÉTALLIQUES

ARMES, ARMURES, CUIVRES, ACIERS

damasquinés et incrustés d'or et d'argent

MANUSCRITS — LAQUES

Timbres — Objets de vitrine

COMPOSANT

la Collection de M. Tigrane KHAN, de Téhéran

Ex-Commissaire adjoint de Perse à l'Exposition de Liège

DONT LA DEUXIÈME VENTE AURA LIEU

HOTEL DROUOT — SALLE N° 1

Les Vendredi 11 et Samedi 12 Mai 1906

A DEUX HEURES 1/4

Mᵉ F. LAIR-DUBREUIL	M. Arthur BLOCHE
COMMISSAIRE-PRISEUR	EXPERT PRÈS LA COUR D'APPEL
6, rue de Hanovre, 6	51, rue Saint-Georges, 51

Chez lesquels se trouve le présent Catalogue

EXPOSITION PUBLIQUE

Le Jeudi 10 Mai 1906, de 2 heures à 6 heures

U.05412

CONDITIONS DE LA VENTE

Elle sera faite au comptant.

Les acquéreurs paieront *dix pour cent* en sus des enchères.

L'exposition mettant le public à même de se rendre compte de l'état et de la nature des objets, il ne sera admis aucune réclamation une fois l'adjudication prononcée.

DÉSIGNATION

TAPIS ANCIENS

1 — Tapis Kirman fond bleu velouté, dessin très fin représentant des arbustes et des saules-pleureurs au milieu de branchages fleuris, bordure à rosaces au milieu d'arabesques.

Long. 2ᵐ10. Larg. 1ᵐ35.

Pièce rare.

2 — Chemin de Michgabad fond rouge, dessin très fin à arabesques, petits angles, bordure fond crème.

Long. 3ᵐ75. Larg. 1ᵐ.

3 — Tapis de Farahan fond bleu velouté, dessin très fin à rosaces, arabesques et poissons, bordure fond crème.

Long. 3ᵐ85. Larg. 1ᵐ90.

4 — Tapis de Farahan fond bleu, dessin à carrelages de rosaces au milieu de fleurs, bordure fond rouge.

Long. 2ᵐ35. Larg. 1ᵐ40.

5 — Tapis Mir fond bleu à palmettes, bordure crème.

Long. 2ᵐ80. Larg. 0ᵐ90.

6 — Tapis Hamadan fond bleu velouté, dessin très fin à fleurs, poissons et arabesques, bordure rose.

Long. 4ᵐ80. Larg. 1ᵐ70.

7 — Tapis Mir, dessin fond bleu très fin à palmettes, bordure blanche et rose.

Long. 3ᵐ70. Larg. 1ᵐ80.

8 — Tapis Deroukhche fond bleu velouté, dessin très fin à fleurs, palmes et rosaces, bordure rouge.

Long. 3ᵐ. Larg. 1ᵐ50.

9 — Chemin de Hamadan, dessin à rosaces et médaillons en polychrome sur un fond velouté avec angles.

Long. 3ᵐ. Larg. 0ᵐ90.

10 — Tapis de Farahan fond bleu à poissons, palmes et rosaces, bordure fond vert.

Long. 4ᵐ. Larg. 1ᵐ95.

11 — Tapis de Farahan fond orange, dessin à palmettes, médaillon et angles.

Long. 3ᵐ15. Larg. 1ᵐ60.

12 — Tapis de Sarabend fond bleu velouté, dessin à palmettes, entourage et angles à poissons, rosaces et arabesques, bordure blanche et rose.

Long. 5ᵐ. Larg. 2ᵐ.

13 — Tapis de Deroukhche, fond bleu velouté,
dessin très fin à palmettes au milieu d'arabesques, bordure rouge.

Long. 6ᵐ85. Larg. 1ᵐ85.

14 — Tapis de Deroukhche, fond bleu velouté,
dessin très fin à fleurs et rosaces au milieu d'arabesques, bordure bleu et rouge.

Long. 6ᵐ80. Larg. 2ᵐ60.

15 — Tapis de Farahan, fond bleu à fleurs, poissons et arabesques avec angles et médaillons,
bordure verte.

Long. 3ᵐ90. Larg. 1ᵐ70.

16 — Tapis double face fond crème, dessin très
curieux, offrant au centre un médaillon semé de
rosaces, carrelages et étoiles, et tout autour des
chevaux, rosaces et motifs stylisés.

Long. 2ᵐ25. Larg. 1ᵐ45.

Pièce rare.

17 — Tapis de Karadaghe fond rouge, dessin brodé,
mosaïques au milieu de fleurs et feuillages.

Long. 2ᵐ55. Larg. 2ᵐ05.

Pièce rare.

18 — Tapis de Khorassan fond bleu velouté, à carrelages fleuris au milieu d'arabesques, bordure
rouge à dessin rare et curieux.

Long. 6ᵐ. Larg. 2ᵐ70.

19 — Tapis de Farahan fond noir, à carrelages, rosaces et fleurs, médaillon et angles.

Long. 3ᵐ40. Larg. 1ᵐ70.

20 — Chemin du Kurdistan fond jaune, à carrelage de rosaces, bordure fond bleu.

Long. 3ᵐ5o. Larg. 1ᵐ15.

21 — Tapis de Varamin fond bleu, dessin à fleurs et rosaces en polychrome.

Long. 3ᵐ8o. Larg. 2ᵐ.

22 — Tapis de Farahan fond bleu, dessin à rosaces au milieu d'arabesques, bordure fond blanc.

Long. 4ᵐ. Larg. 2ᵐ.

23 — Chemin du Kurdistan fond bleu, dessin à rosaces et carrelages.

Long. 4ᵐ. Larg. 1ᵐ10.

24 — Chemin du Kurdistan en poils de chameau fond havane, desssin à rosaces, médaillon et angles.

Long. 3ᵐ85. Larg. 1ᵐ.

25 — Chemin du Kurdistan fond rouge à palmettes.

Long. 3ᵐ. Larg. 1ᵐ.

26 — Chemin Hamadan, fond havane, en poils de chameau, dessin de mosaïque.

Long. 4ᵐ7o. Larg. 1ᵐ10.

27 — Tapis du Kurdistan en poils de chameau fond havane, le centre à médaillon.

Long. 1ᵐ9o. Larg. 1ᵐ10.

28 — Tapis du Kurdistan fond rose à palmettes, bordure fond vert.

Long. 4m85. Larg. 2m10.

29 — Chemin de Farahan fond rouge à palmettes, bordure crème.

Long. 2m30. Larg. 1m10.

30 — Tapis de Farahan fond bleu à rosaces et fleurs.

Long. 4m. Larg. 2m.

31 — Chemin de Hamadan fond crème à palmettes et médaillon, bordure havane.

Long. 4m. Larg. 1m10.

32 — Chemin de même provenance et même dessin.

Long. 3m90. Larg. 1m15.

33 — Tapis de Farahan fond bleu à arabesques et branchages fleuris, bordure fond rouge.

Long. 5m. Larg. 1m70.

34 — Chemin du Kurdistan fond crème à arbustes, bordure jaune.

Long. 3m60. Larg. 0m85.

35 — Chemin du Kurdistan fond crème à arbustes, bordure noire.

Long. 4m80. Larg. 1m.

36 — Tapis du Kurdistan fond rose à palmettes, bordure verte.

Long. 2m75. Larg. 1m75.

37 — Tapis de Sarabend fond bleu à palmettes et angles, bordure rouge et blanche.

Long. 4ᵐ. Larg. 1ᵐ70.

38 — Tapis de Lauristan fond crème à feuillages, bordure rouge.

Long. 3ᵐ. Larg. 1ᵐ75.

39 — Tapis de Farahan fond bleu à fleurs au milieu d'arabesques, bordure blanche et rouge.

Long. 3ᵐ. Larg. 1ᵐ50.

40 — Tapis Hamadan fond bleu à arabesques avec angles.

Long. 3ᵐ. Larg. 1ᵐ50.

41 — Tapis du Kurdistan fond havane à dessin de mosaïque, médaillon et angles, bordure blanche.

Long. 4ᵐ80. Larg. 1ᵐ40.

42 — Tapis de la province de Chiraz, fond bleu à rosaces et arabesques, bordure rouge.

Long. 3ᵐ80. Larg. 1ᵐ70.

43 — Tapis du Kurdistan à carrelages et rosaces.

44 — Chemin du Kurdistan fond crème à arbustes fleuris, bordure orange.

Long. 3ᵐ80. Larg. 0ᵐ90.

45 — Tapis de Khorassan fond bleu à fleurs et arabesques.

46 — Tapis de Hamadan fond vert à palmes, fleurs et rosaces, bordure rouge.

Long. 4^m. Larg. 1^{m}75.

47 — Tapis de Farahan fond bleu à médaillons de rosaces et arabesques, bordure rouge.

Long. 4^{m}15. Larg. 1^{m}70.

48 — Chemin du Kurdistan fond bleu velouté, à carrelage de rosaces, bordure bleue.

Long. 3^{m}70. Larg. 0^{m}90.

49 — Tapis du Kurdistan fond bleu, à poissons, fleurs et rosaces.

Long. 3^{m}15. Larg. 1^{m}40.

5o — Chemin de Hamadan fond havane à palmettes.

Long. 4^{m}85. Larg. 1m05.

51 — Chemin de Hamadan fond havane de même dessin.

Long. 4^{m}85. Larg. 1^{m}05.

52 — Tapis du Kurdistan fond bleu à médaillons de rosaces et lignes grecques.

53 — Tapis du Kurdistan fond bleu à fleurs et arabesques, bordure rouge.

54 — Tapis de Sarabend fond rouge à palmettes, bordure verte.

Long.: 2^{m}3o. Larg.: 1^{m}3o.

55 — Tapis de Farahan fond bleu à fleurs, rosaces et poissons, bordure jaune et verte.

Long.: 4ᵐ. Larg.: 2ᵐ.

56 — Tapis de Chiraz fond blanc, dessin à grandes palmettes.

Long.: 2ᵐo5. Larg.: 1ᵐ40.

57 — Tapis de Schirvan fond bleu, dessin polychrome.

58 — Chemin de Farahan fond bleu à carrelages et motifs feuillagés.

Long.: 4ᵐ. Larg.: 0ᵐ90.

59 — Chemin de Farahan fond bleu, même dessin.

Long.: 4ᵐ. Larg.: 0ᵐ90.

60 — Tapis de Bloudjistan fond brun à dessin de mosaïque, bordure rouge.

Long.: 1ᵐ85. Larg.: 1ᵐ3o.

61 — Tapis Turcoman fond rouge, dessin à médaillons de rosaces.

Long.: 1ᵐ3o. Larg.; 1ᵐo5.

62 — Tapis de Hamadan poils de chameau, dessin de mosaïque.

Long.: 1ᵐ8o. Larg.: 1ᵐ.

63 — Tapis du Kurdistan fond noir à dessin d'arbustes.

64 — Tapis de Chiraz fond bleu, dessin à médaillon, animaux et rosaces.

Long.: 2m3o. Larg.: 1m5o.

65 — Tapis de Herat fond noir à fleurs et rosaces, bordure crème.

Long.: 2m4o. Larg.: 1m05.

66 — Tapis de Sarabend fond rouge velouté à palmettes, bordure blanche.

Long.: 4m6o. Larg.: 2m55.

67 — Tapis de Khorassan fond bleu velouté, dessin à carrelages et rosaces, médaillon et angles.

Long.: 5m7o. Larg.: 2m55.

68 — Tapis de Hamadan fond crème, médaillon à rosaces et fleurs, avec angles.

Long.: 3m75. Larg.: 2m55.

69 — Tapis de prière du Kurdistan fond blanc à petit dessin de carrelages et motifs feuillagés.

Long.: 1m5o. Larg.: 1m25.

70 — Tapis double face à dessin de mosaïque.

71 — Tapis du Bloudjistan fond bleu velouté, dessin représentant des croix au milieu de rosaces.

Long.: 3m15. Larg. : 1m7o.

72 — Tapis de Hamadan fond rouge velouté à palmettes.

Long.: 1m95. Larg. : 1m.

73 — Tapis de Sarabend fond rouge à palmettes.

Long.: 2^{m}55. Larg.: 1^{m}o5.

74 — Fragment de tapis d'Ispahan fond bleu velouté à carrelage de rosaces et fleurs, médaillon et angles, bordure rouge. xviie siècle.

75 — Tapis double face, médaillons et angles, dessin à petites palmettes.

76 — Tapis double face à carrelages fleuris au milieu d'arabesques, médaillon et angles.

77 — Tapis double face à médaillons et arabesques.

78 — Tapis fond jaune, dessin brodé à rayures ornées de motifs feuillagés.

79 — Tapis Turcoman fond rouge à dessin de mosaïque.

80 — Tapis de Farahan fond noir, le médaillon à rosaces et fleurs, les angles semés de petites rosaces.

Long.: 2^{m}35. Larg.: 1^{m}3o.

81 — Dessus de selle de Sineh fond rouge, à carrelages de rosaces et arabesques.

82 — Tapis Mir, fond bleu à palmettes, bordure rouge.

83 — Tapis de Sineh (couverture de cheval) fond bleu, à fleurs et arabesques.

84 — Tapis de Farahan fond bleu, dessin très fin à
fleurs, rosaces et feuillages.

Long. 4^{m}10. Larg.: 1^{m}60.

85 — Tapis Mir fond bleu, dessin très fin à petites
palmettes, jolie bordure.

Long.: 1^{m}85. Larg. : 1^{m}20

86 — Tapis de soie, dessin polychrome.

87 — Tapis de soie, dessin multicolore.

88 — Petit tapis de Tabriz.

89 — Deux petits tapis du Kurdistan, fond rouge à
arabesques.

90 — Petit tapis de Sineh fond rouge à médaillon.

91 — Petit tapis de Bloudjistan fond havane, dessin
à feuillages.

92 — Petit tapis Turcoman à carrelages de rosaces.

93 — Petit tapis du Bloudjistan fond havane à
fleurs.

94 — Douze petits tapis Turcoman à dessins variés.
Seront divisés.

95 — Sac en tapis Turcoman, à dessin de mosaïque.

96 — Quatre dessus de coussins Turcoman à dessins variés.

97 — Quatre dessus de coussins du Kurdistan, dessins variés.

98 — Sac pour dessus de selle, du Behbahan, fond havane à médaillon.

99 — Deux dessus de coussins du Kurdistan à dessin polychrome.

100 — Trois petits tapis de Chiraz fond velouté, à dessins variés.

101 — Deux dessus de coussins du Kurdistan à carrelages.

102 — Deux dessus de coussins du Kurdistan à arabesques.

103 — Quatre petits tapis à dessin mosaïque brodé.

104 — Deux dessus de coussins même dessin brodé.

105 — Cinq pièces : petits sacs et tapis de dessins différents.

BRODERIES. — BROCARTS

VELOURS. GILETS PERSANS. TOILES IMPRIMÉES

106 — Tapis fond crème brodé à fleurs et volatiles, le centre avec médaillon à rosaces. XVIIe siècle.

107 — Petit tapis en satin cerise, brodé d'or et de soie, dessin représentant des oiseaux au milieu de fleurs et arabesques.

108 — Petit tapis en satin bleu ciel, brodé d'or et de soie, offrant au centre une rosace étoilée au milieu d'arabesques.

109 — Panneau en soie rose brodée à paillettes et au chenillé, bordure jaune.

110 — Gilet persan, dessin par bandes à rosaces et arabesques.

111 — Gilet persan de même dessin et même époque.

112 — Gilet persan dessin très fin, représentant des oiseaux au milieu d'arabesques.

113 — Gilet persan à dessin très fin, de même travail.

114 — Gilet persan de même dessin.

115 — Gilet persan à rosaces et arabesques.

116 — Panneau en toile brodée de soie jaune à rosaces et arabesques.

117 — Petit panneau broderie de soie ajourée, sur fond de toile rouge.

118 — Tapis de prière brodé de soie crème, sur toile de même couleur.

119 — Tapis de prière brodé à jour en soie crème.

120 — Tapis de prière de même travail.

121 — Petit tapis de même travail.

122 — Deux panneaux brodés à jour en soie crème.

123 — Panneau carré de même travail.

124 — Huit serviettes à thé brodées de soie crème.

125 — Six serviettes à thé de même travail.

126 — Douze serviettes à thé de même travail.

127 — Petit tapis de prière brodé en soie polychrome, à semis de fleurettes sur fond de toile bis.

128 — Châle en soie rose, brodé à guirlandes de fleurs.

129 — Panneau en ancien velours de Kachan fond rouge, dessin à palmettes.

130 — Petit panneau de même provenance et même dessin.

131 — Petit panneau en velours de Kachan, dessin à médaillons et angles.

132 — Petit panneau en brocart crème broché à fleurettes, xviie siècle.

133 — Panneau en brocart fond bleu broché à fleurettes et rayures.

134 — Panneau en brocart fond bleu, dessin à palmettes et fils d'or.

135 — Panneau en brocart rouge, dessin à fleurs.

136 — Panneau en satin rouge, dessin à palmettes en soie et fils d'or.

137 — Panneau en satin jaune, broché à fleurettes.

138 — Panneau en brocart broché à médaillons de fleurs. xviie siècle.

139 — Petit panneau en brocart rose broché à fleurs et oiseaux avec bordure, xviie siècle.

140 — Panneau en satin broché à fleurettes et rayures, xviie siècle.

141 — Panneau en brocart fond crème tissé d'or et de soie, dessin à carrelages de rosaces xviie siècle.

142 — Panneau en brocart tissé d'or et de soie, dessin à palmettes sur fond jaune, bordure en satin bleu broché. XVIIe siècle.

143 — Panneau en brocart fond jaune tissé d'or et de soie, dessin très fin à médaillons de fleurettes, bordure en satin vert broché à palmettes, XVIIe siècle.

144 — Panneau en brocart tissé d'or et de soie, à médaillons de fleurettes sur fond jaune, XVIIe siècle.

145 — Panneau en brocart tissé d'or et de soie, fond jaune, dessin à palmettes, XVIIe siècle.

146 — Panneau en brocart tissé d'or et de soie, à palmettes et oiseaux fond jaune, XVIIe siècle.

147 — Panneau en brocart fond rouge, dessin à palmettes en soie et argent, bordure en satin broché à rayures multicolores, XVIIe siècle.

148 — Panneau en brocart fond vert et jaune broché à médaillons de fleurettes.

149 — Panneau en brocart tissé d'or et de soie, dessin à fleurettes, bordure en satin broché à palmettes en soie et fils d'argent, XVIIe siècle.

150 — Panneau en brocart broché à palmettes en vert sur fond bleu foncé, bordure rouge, dessin tissé d'or et de soie, XVIIe siècle.

151 — Panneau en brocart à rayures, fleurettes et feuillages, en soie et fils d'argent, XVIIe siècle.

152 — Panneau en soie fond rose, dessin à carrelages fleuris, fleurs et arabesques.

Pièce rare du XVIe siècle.

153 — Panneau en soie fond gris, dessin à palmettes au milieu d'arabesques.

Pièce rare du XVIe siècle.

154 — Panneau en brocard fond bleu, dessin jaune à rosaces au milieu d'arabesques.

Pièce rare du XVIe siècle.

155 — Deux grands rideaux en toile imprimée, bordure à inscriptions.

156 — Deux rideaux de même dessin.

157 — Panneau en toile imprimée à volatiles au milieu d'arabesques, le centre avec médaillons.

158 — Panneau en toile imprimée fond rouge, dessin à palmettes avec médaillon au centre.

159 — Deux panneaux en toile imprimée et dorée à palmes, oiseaux et arabesques.

160 — Deux panneaux en toile imprimée et dorée, dessin à carrelages fleuris et palmettes.

161 — Tapis de table rond en toile imprimée.

162 — Paire de bas en soie.

163 — Babouches en étoffe crème.

ANCIENNES FAIENCES

164 — Bol à reflets métalliques offrant à l'intérieur et à l'extérieur des feuillages et arabesques, xvᵉ siècle.

165 — Plat creux à reflets métalliques offrant à l'intérieur des feuillages et arbustes, et à l'extérieur des médaillons au milieu de fleurs, xvᵉ siècle.

166 — Plat creux à reflets métalliques offrant à l'intérieur sur un fond blanc des oiseaux au milieu de palmes, et à l'extérieur des arabesques en noir sur fond bleu.

167 — Bol à reflets métalliques, dessin à médaillons et feuillages.

168 — Petit bol à reflets métalliques à feuillages.

169 — Carreau forme étoile en faïence à reflets métalliques, bordure bleue à inscriptions.

170 — Carreau forme étoile, dessin à fleurs en relief sur fond bleu.

171 — Deux plaques en faïence à reflets métalliques.

172 — Carreau en faïence, dessin à personnages en relief.

173 — Carreau en faïence, dessin à personnages à reflets métalliques sur fond bleu turquoise.

174 — Quatre carreaux en faïence à dessins différents en polychrome.

175 — Deux carreaux décor de personnages en relief sur fond bleu.

176 — Plaque de revêtement, représentant des personnages en relief.

177 — Plaque de revêtement, représentant des personnages dans un paysage, bordure bleue.

178 — Potiche en ancienne faïence, dessin bleu sur fond crème.

179 — Narghilé dessin bleu sur fond blanc.

180 — Bouteille dessin bleu et noir sur fond blanc.

181 — Vase vert céladon.

182 — Crachoir à dessin de rosaces en bleu sur fond blanc.

183 — Bouteille à arabesques en bleu sur blanc.

184 — Flacon à pans à dessin bleu sur fond blanc.

185 — Théière à décor chinois en bleu sur blanc.

186 — Vase en bleu turquoise.

187 — Vase à dessin noir sur fond bleu turquoise.

188 — Vase à dessin à palmes en bleu sur fond crème.

189 — Vase décor à personnages et paysages en bleu sur blanc.

190 — Assiette décorée d'oiseaux posés sur des arbustes fleuris en bleu sur blanc.

191 — Bouteille carrée, dessin vert en camaïeu.

192 — Deux bouteilles à dessin bleu sur fond blanc.

193 — Vase de forme surbaissée, dessin gris sur fond blanc.

194 — Crachoir à arabesques en bleu sur blanc.

195 — Bougeoir en bleu turquoise, décor gravé. (Provient de fouilles).

196 — Narghilé, dessin vert et noir sur fond blanc à oiseaux et fleurs.

197 — Bouteille à long col, décor à personnages, arbustes et fleurs.

198 — Vase à fleurs et oiseaux en polychrome.

199 — Vase à fleurs et oiseaux sur fond bleu.

200 — Deux vases, décor à médaillon de fleurs et personnages en bleu, noir et vert.

201 — Vase à fleurs, oiseaux et animaux en polychrome.

202 — Vase décor de personnages en polychrome.

203 — Jardinière à arabesques en bleu et noir sur fond blanc.

ARMES

CUIVRES, OBJETS EN ACIER

204 — Armure en acier incrusté d'or et d'argent finement gravé, dessin reperçé à jour, composée d'un casque, un brassard et un bouclier.

205 — Armure en acier incrusté d'or et d'argent finement gravé à fleurs, dessin représentant des soleils, vases et couronnes accostées de figurines d'anges, composée d'un casque, un brassard et un bouclier.

206 — Deux carafes, en acier gravé et incrusté d'or et d'argent, bordure à inscriptions.

207 — Deux vases à anses en acier incrusté d'or.

208 — Deux coqs en acier incrusté d'or.

209 — Deux aiguières en acier incrusté d'or et d'argent.

210 — Grand poignard à lame plate et à gouttière, incrustée d'or et avec inscriptions, manche en corne noire.

211 — Poignard lame plate à gouttière et incrustée d'or, manche en corne et ivoire.

212 — Poignard à lame courbe damasquinée, gravée dans le haut à animaux, manche en ivoire sculpté à personnages.

213 — Poignard à lame courbe, damasquinée, gravée et incrustée d'or, manche en ivoire sculpté à personnages.

214 — Poignard à lame damasquinée et incrustée d'or, manche en ivoire.

215 — Couteau à lame damasquinée et incrustée d'or, manche en ivoire.

216 — Couteau, lame damasquinée et incrustée d'or à fleurs et oiseaux, manche en ivoire.

217 — Poignard à lame flamboyante, damasquinée et incrustée d'or, manche en ivoire sculpté à personnages.

218 — Couteau à lame damasquinée et incrustée d'or, manche en ivoire.

219 — Couteau lame damasquinée et incrustée d'or, manche en ivoire.

220 — Couteau tout en acier, incrusté d'or.

221 — Petit couteau à lame incrustée d'or, manche en nacre.

222 — Fer de hache, incrusté d'or.

223 — Fer de hache gravé et incrusté d'or.

224 — Couteau de poche en acier incrusté d'or.

225 — Pistolet tromblon, canon et batterie incrustés d'or.

226 — Pistolet à long canon damasquiné et incrusté d'or.

227 — Ciseaux de tailleur en acier incrusté d'or.

228 — Pince en acier incrusté d'or.

229 — Sabre à lame plate, poignée en acier incrusté d'argent.

230 — Lance à trois branches en acier gravé.

231 — Hache à deux tranchants en acier gravé.

232 — Masse d'armes, tête de taureau en acier gravé et incrusté d'argent, avec inscriptions.

233 — Poire à poudre et boite à huile, en acier incrusté d'or et d'argent.

234 — Mors en acier incrusté d'or.

235 — Cadenas en acier et plaquette en cuivre.

236 — Lampe ancienne en cuivre gravé.

237 — Deux petits plateaux en cuivre gravé.

238 — Instrument d'astronomie dit astrolabe en cuivre gravé.

239 — Deux jardinières en cuivre, incrusté d'argent.

240 — Grande jardinière, en cuivre gravé et étamé, dessin à animaux au milieu d'arabesques.

241 — Petite marmite en cuivre gravé.

242 — Boite à glace pour aller au bain, en cuivre gravé et étamé.

243 — Couvercle en cuivre gravé et étamé.

244 — Plateau en cuivre gravé étamé et repercé à jour.

245 — Jardinière en cuivre étamé et finement gravé.

246 — Couvercle en cuivre finement gravé et étamé.

MANUSCRITS, LAQUES

247 — Manuscrit orné de miniatures et enluminures (histoire en vers des rois de Perse) couverture en laque à fleurs.

248 — Manuscrit (poésies persanes), histoire des rois
de Perse, orné de miniatures et enluminures,
couverture en cuir rouge.

249 — Manuscrit orné de miniatures, couverture en
laque à fleurs.

250 — Manuscrit orné de miniatures et enluminures,
couverture en laque à fleurs sur un fond aven-
turiné rouge feu (Gulistan poésies complètes de
Sadi).

251 —- Manuscrit orné de miniatures et enluminures,
couverture en cuir gravé et repoussé.

252 — Calendrier persan ancien orné d'enluminures,
couverture en cuir.

253 — Album renfermant des miniatures : rois per-
sans, personnages historiques, scènes de batailles
et autres, couverture en laque à fleurs.

254 — Deux grandes reliures de livres en laque à
fleurs.

255 — Deux petites reliures de livres en laque à
fleurs et oiseaux.

256 — Boite à glace, en laque à fleurs et oiseaux.

257 — Encrier en laque, dessin très fin à personnages.

258 — Encrier en laque dessin très fin, à scènes
rustiques.

259 — Encrier en laque, desssin à fleurs et oiseaux,
médaillon à personnages. Travail d'Ali Achraf.

260 — Encrier en laque, dessin à personnages et
scènes de chasse.

261 — Encrier en laque, dessin représentant des
danseuses et chanteuses.

262 — Etui porte-lunettes, en laque à figures de
femmes.

263 — Grand encrier en laque à personnages.

OBJETS DE VITRINE, TIMBRES

264 — Broche ovale camée gravé à inscription, monture argent.

265 — Broche carrée camée gravé à inscription, monture argent.

266 — Turquoise gravée à inscription.

267 — Email ovale représentant une scène d'intérieur.

268 — Deux petits émaux représentant des personnages.

269 — Collection de timbres-poste anciens de la Perse.

270 — Objets omis.

RED. :

19

graphicom

0 1 2 3 4 5 6 7 8 9 10

MIRE ISO N° 1
NF Z 43-007
AFNOR
Cedex 7 - 92080 PARIS-LA-DÉFENSE